Daisy Meadows

Im Zaubertal der Einhörner
Schimmerhauch

Bisher erschienen:

Band 1: Feuerfünkchen
Band 2: Schimmerhauch

Daisy Meadows

Im Zaubertal der Einhörner

Schimmerhauch

Band 2

Aus dem Englischen übersetzt
von Nadine Mannchen

Loewe

Mit besonderem Dank an Jan Burchett und Sara Vogler

FSC
www.fsc.org
MIX
Papier aus verantwortungsvollen Quellen
FSC® C014496

ISBN 978-3-7432-0750-9
1. Auflage 2021
erschienen unter dem Originaltitel Unicorn Magic – *Shimmerbreeze and the Sky Spell*

Erschienen in der Originalserie Unicorn Magic

Aus dem Englischen übersetzt von Nadine Mannchen
Umschlagillustration: Marina Krämer
Umschlaggestaltung: Ramona Karl
Printed in the EU

www.loewe-verlag.de

Inhalt

Unsere Helden

Aisha und Emily
sind beste Freundinnen und wohnen beide im Dorf Wunderwald. Aisha liebt Sport, während Emily total begeistert ist von der Wissenschaft. Doch am allerliebsten besuchen die zwei das Verwunschene Tal und helfen ihren Einhornfreunden, die dort leben.

Feuerfünkchen
ist das Feuereinhorn. Sie schwimmt gerne mit ihren Drachenfreunden in den heißen Quellen des Funkelbergs!

Das Lufteinhorn
Schimmerhauch
sorgt dafür, dass die Luft im Verwunschenen Tal immer frisch und sauber ist. Außerdem zaubert sie mit ihrer Magie gerne kleine Windböen, damit ihre Freunde Drachen steigen lassen können.

Glitzerhuf
ist das Erdeinhorn, das Pflanzen kräftig wachsen und wunderschön erblühen lässt. Am wichtigsten ist es ihr, etwas mit ihren Freunden zu unternehmen – für die würde sie alles tun!

Wellenglanz
hat riesigen Spaß daran, in den Flüssen und Lagunen des Verwunschenen Tals zu spielen. Die größte Freude hätte das Wassereinhorn, wenn alle anderen Wasser genauso lieben würden wie sie.

Dorf Wunderwald

Verwunschenes Tal

Verwunschenes
Häuschen

Goldener
Palast

Folge dem Licht
von Sonne, Mond und Sternen.
Dann trägt dich Magie,
wo immer du auch bist,
hinfort ins Verwunschene Tal,
einen weit entfernten, geheimen Garten,
wo deine Einhornfreunde
schon auf dich warten!

1

Ärger im Verwunschenen Tal

Aisha Khan zeigte zum Himmel.

„Guck mal!“, sagte sie grinsend. „Da ist ein Elefant.“

Aisha und ihre beste Freundin, Emily Turner, lagen im Gras vor dem Verwunschenen Häuschen und beobachteten die flauschigen Wolken, die am Himmel über ihnen vorbeizogen. Sie hielten

Ausschau nach solchen, die aussahen wie Tiere. Erst vor ein paar Tagen waren Aisha und ihre Eltern in das Dörfchen Wunderwald gezogen, trotzdem waren die beiden Mädchen schon richtig dicke Freundinnen. Gemeinsam hatten sie Aishas neues Zuhause, das Verwunschene Häuschen, erkundet – und das fantastische Geheimnis des alten Gebäudes herausgefunden ...

„Sind die Wolken nicht hübsch?“, fragte Emily.

„Wusstest du, dass sie aus winzigen Wassertropfen bestehen?" Emily liebte Naturwissenschaften, genauso wie Aisha Sport liebte.

„Cool!", meinte Aisha. Dann schnappte sie laut nach Luft. „Schau dir die da an!" Sie deutete auf eine große Wolke, die über der Phönixstatue in der Mitte des Vorgartens schwebte. Die Wolke hatte einen langen Schwanz, einen kräftigen Hals und zwei gewaltige Flügel. Mit der Schwanzspitze schien sie auf die ausgestreckten Schwingen des magischen Vogels am Boden zu zeigen.

„Wow!", sagte Emily. „Eine Drachenwolke."

Die Mädchen grinsten sich aufgeregt an. An Aishas erstem Tag im Dorf Wunderwald hatten sie auf dem Dachboden des Verwunschenen Häuschens ein wunderschönes Kristalleinhorn gefunden. Als ein

Sonnenstrahl auf die funkelnde Figur gefallen war, waren sie ins Verwunschene Tal getragen worden. Freundliche fliegende Einhörner herrschten über dieses traumhafte Reich, in dem es noch allerhand andere magische Wesen gab – wie Wichtel und Drachen!

„Ich kann es kaum erwarten, die Einhörner wieder zu besuchen", sagte Aisha seufzend. Sie nahm ihren Schlüsselring mit einem Kristalleinhorn daran aus der Tasche ihrer kurzen Hose. Er war ein Geschenk von Königin Aurora, der Herrscherin über das Tal. Das majestätische Einhorn hatte den Mädchen versprochen, dass sie schon sehr bald ins Verwunschene Tal zurückkehren würden. Nun holte auch Emily ihren Schlüsselanhänger aus der Jeanstasche.

Plötzlich schien die Drachenwolke zu leuchten und sich aufzulösen. Mitten hindurch fiel ein heller Sonnenstrahl direkt auf die beiden Freundinnen. Die Schlüsselanhänger begannen zu glühen und zu funkeln wie magische Sterne.

Schnell sprangen die Mädchen auf. „Heißt das, Königin Aurora ruft uns?“, fragte Aisha und war ganz kribblig vor Aufregung.

„Ja, ich glaube schon“, rief Emily. Sie spürte, wie ihr Schlüsselanhänger in Richtung von Aishas zog. „Wow. Sie sind wie Magnete.“

„Mal sehen, was passiert, wenn wir sie aneinanderhalten“, sagte Aisha.

Die Mädchen hielten die beiden winzigen Einhörner so, dass die Hörner sich berührten. Die Schlüsselanhänger leuchteten auf, während in ihrem Innern alle Farben des Regenbogens wirbelten. Dann gab es eine Explosion aus Licht wie von blendenden Feuerwerkskörpern. Emily und Aisha spürten, wie ihre Füße vom Gras gehoben wurden.

In einem Funkenstrudel verschwanden der Garten und das Verwunschene Häuschen. Helle bunte Farbwirbel hüllten sie ein, während sie in die Luft gehoben wurden, hoch und immer höher ...

Wenig später schwebten die Mädchen wieder zu

Boden und die Funken lösten sich auf. Aisha und Emily fanden sich am Fuß eines Hügels wieder, auf dem ein prächtiger Palast ganz aus Gold stand.

„Wir sind im Verwunschenen Tal!", rief Aisha und schlug vor Freude ein Rad.

Lachend nahmen sich die Freundinnen an der Hand und liefen gemeinsam den Hügel hinauf zum Palast.

Süß duftende Blumen wuchsen an den Palastmauern und gezwirbelte Türmchen, wie umgedrehte Eiswaffeln, reckten sich in die Luft. Vom

Meer aus schlängelte sich wie von Zauberhand ein Fluss, der den Wassergraben füllte. Als die Mädchen ins Tal blickten, konnten sie seinem sprudelnden Lauf durch grüne Wiesen, Wälder und Seen folgen.

„Es ist so schön, wieder hier zu sein!", sagte Emily und seufzte glücklich.

Die silberne Zugbrücke des Palastes wurde heruntergelassen und ein wunderschönes Einhorn mit einer funkelnden Krone auf dem Haupt trottete heraus. Das Fell der Einhorndame glitzerte in allen Farben des Regenbogens – von strahlenden Gelbtönen über kräftige Schattierungen aus Rot bis zu feurigem Orange. Ihr langes, elegantes Horn schimmerte in der Sonne.

„Königin Aurora!" Die Freundinnen schlangen die Arme um ihren weichen Hals.

Aurora lachte, was so herrlich klang wie Flötenmusik. „Herzlich willkommen, Mädchen!", sagte sie. „Es ist mir eine Freude, euch wiederzusehen." Doch dann trat Sorge in ihren Blick.

„Was ist denn los?", wollte Emily wissen.

„Kommt mit und seht selbst", antwortete Aurora.

Sie führte sie über die Zugbrücke in einen Innenhof, vorbei an einem Springbrunnen, der wie ein hüpfender Delfin aussah, zu einem rosa-weiß-gestreiften Zelt auf dem Rasen. Daneben standen die vier Natureinhörner.

„Hallo!", riefen die Mädchen und umarmten ihre Einhornfreundinnen zur Begrüßung.

„Hallo, ihr zwei", empfing sie Feuerfünkchen, das Feuereinhorn mit dem rötlichen Fell. „Ein Glück, dass ihr da seid!"

„Wir brauchen eure Hilfe", sagte Wellenglanz, das Wassereinhorn mit der schillernden bläulichen Mähne. „Seht nur!"

Mit ihrem Horn zeigte Wellenglanz auf einen Haufen bunter Drachen vor ihren Hufen.

„Wir wollten zum Fest der Natur einen schönen Drachenflugwettbewerb veranstalten", erklärte Glitzerhuf, das

Erdeinhorn, dessen Fell in einem hübschen Blattgrün schimmerte.

„Doch die Drachen steigen einfach nicht vom Boden auf", ergänzte Feuerfünkchen.

Das Lufteinhorn Schimmerhauch seufzte bedrückt. Sein Fell war weiß wie Schnee und seine Mähne und Schweif hatten die Farbe von glitzerndem Silber. Schimmerhauchs hellblaue Augen waren von Tränen ganz nass. „Weil mein Amulett fort ist", erklärte sie.

Alle Einhörner im Verwunschenen Tal trugen Kristallanhänger um den Hals, die ihnen magische Kräfte verliehen. Im Amulett von Königin Aurora befanden sich zwei winzige Sonnen, die

fröhlich umeinander tanzten, wie zwei Freunde, die miteinander spielen. Sie war die Hüterin der Freundschaft im Tal. Doch von den vier Natureinhörnern trug nur Feuerfünkchen ihr Amulett. Die anderen hatte ein böses Einhorn namens Selena gestohlen, das die Herrschaft über das Verwunschene Tal an sich reißen wollte.

Emily und Aisha hatten es geschafft, Feuerfünkchens Anhänger von Selena zurückzuerobern, doch es war wirklich schwierig gewesen.

Nun wandte sich Königin Aurora an die Mädchen. „Dies ist der Grund, weshalb ich euch heute ins Verwunschene Tal geholt habe“, sagte sie. Ihre Augen waren groß und ernst. „Ich befürchte, dass die Drachen nur der Anfang sind. Wer weiß, was Selena mit Schimmerhauchs Amulett noch alles anrichten wird. Wir brauchen euch! Würdet ihr es für uns zurückholen?“

„Um das Tal zu retten, würden wir alles tun“, sagte Aisha sofort.

„Ja, auf jeden Fall!“, versprach auch Emily.

Plötzlich wurde es im Innenhof dunkel. Alle schauten zum Himmel. Eine seltsame Decke aus grauen Wolken schob sich über den Palast und versteckte die Sonne. Die Luft wurde stickig und staubig, sodass alle husten mussten.

„Igitt!“, meinte Aisha. „Die Luft ist auf einmal so schlecht.“

„Woher kommt das?“, fragte Emily hustend.

Schrilles Lachen drang an ihre Ohren – da verstanden die Mädchen sofort, wer schuld an diesem widerlichen, schmutzigen Nebel war. Ein silbernes Einhorn mit schwarzblauer Mähne platzte aus den dreckigen Wolken. Aus seinem Horn zischten elektrische Blitze.

„Oh-oh“, sagten Emily und Aisha. „Selena!“

Das grauenhafte Gewitter

Selena landete vor den erschrockenen Mädchen und Einhörnern im Hof. Ihre violetten Augen blitzten, während sich ihre Mähne und der Schweif sträubten. Sie bäumte sich auf den Hinterbeinen auf, sodass ihre Hufe funkelten. In ihrem Anhänger wirbelten winzige Gewitterwolken, durch die gezackte Blitze zuckten und knisterten.

„Ihr jämmerlichen Kinder seid also zurück", höhnte Selena.

Emily und Aisha schluckten ihre Angst hinunter und ließen sich nicht einschüchtern.

„Ganz genau", sagte Aisha mutig. „Die Einhörner sind unsere Freunde und Freunde helfen sich gegenseitig."

„Zwei kleine Kröten wie ihr werden mich nicht aufhalten. Ich werde Königin über das

Verwunschene Tal!“, keifte Selena und zuckte bedrohlich mit ihrem dunkelblauen Schweif.

Aus der Schmutzwolke kam ein Kichern. Dann flatterte Flit herab, Selenas fieser kleiner Fledermaus-Gehilfe. „Hi, hi!“, lachte Flit. „Sie sind kleine Kröten und du wirst Königin! Sagt's ihnen, Eure Silberne Hoheit!“

„Das habe ich gerade getan, Flit!“, kreischte Selena. „Rück sofort die Krone raus, Aurora!“

„Du wirst niemals Königin“, sagte Aurora entschlossen.

„Das werden wir ja sehen!“ Selena stampfte mit den Hufen auf. „Die Macht des Luftamuletts gehört nun mir – und ich habe es an einem Ort versteckt, an dem ihr es niemals findet. Wenn ihr mich nicht zur

Königin macht, wird die Luft immer dreckiger, bis das ganze Tal in meinem Igittigitt-Nebel erstickt."

Ein Blitz schoss aus ihrem Horn. Die Schmutzwolke verwandelte sich in einen Strudel, der Blüten und Blätter aus dem Garten einsaugte.

„O nein!" Königin Aurora keuchte. „Selena erschafft einen ... einen ..."

„Einen Tornado", beendete Emily ihren Satz.

Der Wirbelsturm drehte sich immer schneller.

Wie ein gewaltiger Staubsauger zerrte er zuerst die Drachen in die Höhe, dann einen ganzen Rosenstrauch. Schließlich zog er sogar an den Einhörnern und den Mädchen: Haare, Mähnen und Schweife flogen in die Höhe. Die Hufe der Einhörner waren noch fest am Boden, doch die Mädchen waren kleiner und leichter. Schon standen sie nur noch auf den Zehenspitzen. „Oje!", riefen beide, als sie von den Füßen gerissen wurden.

Purzelnd und wirbelnd heulte überall um sie herum der Wind. Staub brannte in ihren Augen und ihnen wurde schrecklich schwindelig, während sie höher und höher getragen wurden. Unter ihnen schwang Schimmerhauch sich in die Luft, doch bevor sie die Mädchen erreichen und retten konnte, wurde auch sie von der Windhose eingesaugt!

Schon bald waren der Palast und ihre Einhornfreunde nicht mehr zu sehen. Emily, Aisha und Schimmerhauch wurden in dem heftigen Sturm hilflos hin und her geworfen, während der Tornado über das Verwunschene Tal brauste. Er saugte Tannenzapfen, Zweige und Steine ein, Regenschirme und Spaten. Selbst eine Wäscheleine voller winziger, flatternder Zwergenkleidung wurde an den Freundinnen vorbeigepeitscht.

Emily kreischte, als ihr eine fliegende Socke ins Gesicht klatschte.

Ein Kiesel traf Aisha am Arm. „Aua!", schrie sie auf.

Doch auf einmal, so plötzlich wie er angefangen hatte, hörte der Tornado auf, sich wie wild zu drehen. Es wurde vollkommen windstill. Einen langen Moment schwebten die Mädchen, Schimmerhauch und all die verschiedenen Gegenstände hoch über den Wolken. Dann stürzten sie in die Tiefe!

Voller Angst fassten sich Aisha und Emily an den Händen. Tiefer und immer tiefer fielen sie, purzelten und taumelten durch die Luft.

„Hilfe!", schrie Emily.

Schimmerhauch stieß ein alarmiertes Wiehern aus. „Ich rette euch!", rief sie.

Im Sturzflug tauchte sie den Mädchen nach, die nach unten trudelten, während ihre Herzen vor Schreck wie wild hämmerten.

„Bitte beeil dich, Schimmerhauch!", rief Aisha.

Doch Schimmerhauch musste sich erst einen Weg durch die Blätter, Kleidungsstücke und alten Regenschirme erkämpfen, die ebenfalls zu Boden fielen.

„Sie ist nicht schnell genug!", rief Emily. Da entdeckte sie am Himmel etwas anderes – einen

leuchtenden Streifen aus Rot und Gold, der wie eine Rakete auf die Mädchen zuschoss. Als das unbekannte Etwas näher kam, erkannten sie, dass es ein wunderschöner riesiger Vogel war.

Der Vogel glitt unter die beiden Freundinnen – und sie landeten sanft auf dem weich gefiederten Rücken.

„Festhalten!", schrie die Vogeldame. Sie hatte eine orange Federhaube auf dem Kopf und einen langen glänzenden Schwanz, der aussah wie ein

breiter Fächer aus Flammen. Während sie auf eine flauschige Wolke zuflogen, hielten die Mädchen sich an ihr fest. Zu ihrer Verblüffung konnte der Vogel darauf landen! Elegant klappte er die gewaltigen Schwingen ein.

„Wir sind in Sicherheit!", hauchte Aisha.

„Danke, dass du uns aufgefangen hast!", sagte Emily.

„Aber nicht der Rede wert, ihr Lieben", tschilpte der freundliche Vogel.

Schimmerhauch landete neben ihnen und schüttelte eine Zwergenhose von ihrem Horn. „Ich bin ja so froh, dass es euch gut geht", sagte sie und schmiegte den Kopf an die Wangen der Mädchen. „Danke für deine Hilfe", wandte sie sich an den Vogel, bevor sie sich wieder zu den Mädchen umdrehte. „Das hier ist Funkenflug. Sie ist ein Phönix."

Emily und Aisha grinsten. Sie liebten die Phönixstatue im Garten des Verwunschenen Häuschens. Nie hätten sie sich träumen lassen, dass sie im echten Leben einmal einem begegnen würden!

„Schön, dich kennenzulernen, Funkenflug", sagte Aisha.

„Willkommen auf meiner Wolke", sagte der Phönix. „Dann springt mal ab!"

Die Mädchen betrachteten die Wolke zögerlich. Schimmerhauch und Funkenflug konnten offenbar darauf stehen, aber die beiden waren ja auch magische Wesen. Was, wenn die Mädchen auf direktem Weg hindurchfallen würden?

„Es ist vollkommen sicher“, versprach Schimmerhauch ihnen.

Vorsichtig stiegen die Mädchen von Funkenflugs Rücken. Sie spürten, wie ihre Füße ein klein wenig in die bauschige Oberfläche einsanken. Es war, als würde man auf ein dickes, weiches Kissen treten.

„Das ist der Wahnsinn!“, rief Emily und betrachtete die feinen Wattewirbel, die an ihr hochschwebten.

Aisha hüpfte auf und ab. Dabei sprang sie so

hoch, dass ihre Füße Emilys Kopf erreichten. „Es ist wie auf einem Trampolin!", rief sie und machte einen Rückwärtssalto.

Funkenflug lachte vergnügt. „Ich habe gern Besuch", sagte sie und ließ die langen Schwanzfedern rascheln. „Vor allem heute! Meine Eier haben zu singen begonnen. Das heißt, sie werden schon bald schlüpfen."

Emily und Aisha grinsten sich gegenseitig an. Trampolinwolken und singende Eier!

Das Verwunschene Tal war voller genialer Überraschungen.

Funkenflug führte sie zu einem flauschigen weißen Nest mitten in der Wolke. Darin schmiegten sich sechs funkelnde goldene Eier aneinander. Und sie sangen tatsächlich – mit hauchzarten, trillernden Stimmchen!

Kuschlig weich auf Wolken wiegend,
stimmen wir ein Glückslied an.
Flauschig warm am Himmel fliegend,
wo uns jeder hören kann!

„Ach, wie süß!", sagte Emily. „In Aishas Garten steht eine –"

Ihren restlichen Satz konnte man nicht hören. Ein lautes Heulen erfüllte auf einmal den Himmel und übertönte alles andere. Eine wirbelnde Luftsäule raste über die Wolken.

„Der Tornado kommt zurück!", rief Schimmerhauch.

Wusch! Entsetzt sahen die Mädchen zu, wie der Wirbelsturm auf sie zuschoss. Sie klammerten

sich an Schimmerhauch, um nicht noch einmal mit fortgerissen zu werden. Dafür erfasste die Windhose das Nest, noch bevor eine von ihnen etwas dagegen tun konnte.

„Nein!", brüllte Aisha. Sie stieß sich von der Wolke ab und wollte nach dem Nest fassen, doch schon trug der wirbelnde Sog es hoch und immer höher.

Laut dröhnend rauschte der Tornado mit den kostbaren Eiern davon!

Eine flauschige Überraschung

„Meine Küken!“, rief Funkenflug und quiekte vor Angst.

Sie hob ab und jagte dem Tornado so schnell hinterher, dass man ihre flammenfarbenen Flügel nur noch verschwommen sehen konnte.

„Wir müssen ihr helfen“, sagte Emily.

„Springt auf, Mädchen“, sagte Schimmerhauch.

Aisha stieg auf ihren Rücken und Emily setzte sich hinter sie. Schimmerhauch galoppierte kurz über die Wolke und sprang dann in die Luft. Obwohl sie sich auf einer Rettungsmission befanden, konnten sich die Mädchen ihre Begeisterung nicht ganz verkneifen – sie flogen auf einem Einhorn!

Schimmerhauch fegte über den Himmel, um Funkenflug einzuholen. Die Augen des Phönix waren ganz auf das wertvolle Nest konzentriert, das im

Wind wirbelte. Doch die Luft wurde immer stickiger und klebriger vor Schmutz, sodass sie langsamer wurden. Der Wirbelsturm raste davon.

„Das ... Fliegen ... fällt ... so schwer!", keuchte Schimmerhauch. Der Tornado raste in die Ferne, bis er nur noch ein dreckiger Punkt am Horizont war. Dann war er verschwunden.

„Nein!", rief Aisha.

„Meine Küken werden jede Minute schlüpfen", jammerte Funkenflug. „Dann sind sie ganz allein." Traurig ließ sie sich auf einer nahen Wolke nieder. „Oh, seht nur!" Sie zeigte mit dem Flügel auf den Rand der Wolke, der sich wegen der schmutzigen Luft schleimgrün verfärbte. „Noch dazu sind sie von diesem abscheulichen Dreck umgeben, wenn sie ihre Eier verlassen!"

Schimmerhauch landete neben ihr und die Mädchen sprangen ab. Tröstend streichelten sie über Funkenflugs Federn.

Emily wechselte einen Blick mit Aisha. Sie wusste, dass ihre Freundin dasselbe dachte wie sie: Sie mussten Schimmerhauchs Amulett finden, damit die Luft nicht noch schmutziger wurde. Gleichzeitig konnten sie den armen Phönix unmöglich im Stich lassen. „Wir holen deine Eier zurück", versprach Emily.

„Uns hat der Tornado vorhin plötzlich wieder losgelassen", sagte Aisha. „Vielleicht setzt er ja auch das Nest irgendwo ab. Suchen wir die Wolken danach ab."

„Eine sehr gute Idee!", meinte Funkenflug und wischte sich mit der Flügelspitze die Augen trocken. „Es ist lieb von euch, mir zu helfen."

„Mir nach!", sagte Aisha. Wieder nutzte sie die Wolke wie ein Trampolin und hopste auf die nächste. Emily hüpfte hinterher, während Funkenflug und Schimmerhauch umherflogen und die Gegend absuchten. Von einer Wolke zur nächsten sprangen sie. Inzwischen war jede schon so mit Schmutz verfärbt, dass sie eher wie Rußwolken aussahen. Das Nest des Phönix aber blieb verschwunden.

Funkenflug musste in der dreckigen Luft husten. „Es bringt nichts", sagte sie traurig.

„Wartet!", rief Schimmerhauch. „Hört ihr das?"

Irgendwo in der Nähe ertönte ein seltsames, trauriges Wimmern.

„Sind das die singenden Eier?", fragte Aisha.

Funkenflug legte den Kopf schief und lauschte. „Nein, das glaube ich nicht."

„Da weint jemand", meinte Emily.

„Woher kommt das denn?", fragte Aisha verwirrt.

„Oh, buh hu! Buh hu huhh!", erklang das Weinen und wurde lauter. Die Wolke, auf der die Mädchen standen, begann zu zittern.

„Festhalten!", trillerte Funkenflug. „Noch ein Tornado!"

„Springt auf meinen Rücken!", rief Schimmerhauch.

Doch bevor die Mädchen sich rühren konnten, fing der vordere Teil der Wolke an, sich zu verändern und zu wachsen. Plötzlich bekam sie einen riesigen weißen Fellkopf. Langsam drehte er sich zu ihnen um und blinzelte mit großen, feuchten Augen. Die Mädchen erkannten zwei weiche Hängeohren, eine runde, glänzende Nase und zarte weiße Schnurrhaare. Emily und Aisha staunten mit offenem Mund. Sie standen gar nicht auf einer Wolke – sie standen auf einem Wesen!

„Ein Wolkenwelpe", flüsterte Schimmerhauch.

„Ist der süß!", hauchte Emily.

„Hallo", sagte der Wolkenwelpe und schniefte leise. „Ich heiße Fluffelpuff."

„Hallo, Fluffelpuff", sagte Aisha. Sie beugte sich vor und kraulte seine Ohren. Als seine Schnurrhaare ihr Gesicht kitzelten, musste sie lachen. „Ich bin Aisha und das sind Emily, Schimmerhauch und Funkenflug ..."

Sie verstummte. Tränen so groß wie Fußbälle rollten dem Welpen über die Wolkenwangen.

„Warum bist du so traurig, Fluffelpuff?", fragte Emily besorgt.

„Ein gemeiner Tornado hat meinen goldenen Ball gestohlen", schniefte der Wolkenwelpe. „Und es ist doch mein Lieblingsball. Ich spiele so gerne Fangen mit ihm." Er stieß ein wehleidiges Heulen aus, sodass er am ganzen Körper zitterte. Die Mädchen hielten sich an den Händen, damit sie nicht von seinem Rücken geworfen wurden.

„Funkenflugs Eier hat der Tornado auch gestohlen", sagte Emily. „Du hast sie nicht zufällig gesehen, oder?"

„Nein!", wimmerte Fluffelpuff und weinte noch mehr.

„Daran ist nur Selena schuld, weil sie Schimmerhauchs Amulett gestohlen hat", erklärte Aisha. „Deshalb ist die Luft so schmutzig. Wir wollen das Amulett zurückholen und deinen Ball finden wir auch."

Fluffelpuff hörte auf zu weinen und wackelte mit dem Schwanz.

„Danke", sagte er und bellte fröhlich. „Kann ich denn auch irgendwie helfen?"

„Aber klar", antwortete Aisha.

Emily spähte nachdenklich durch die trübe Luft. „Wenn wir alle höher fliegen", meinte sie, „können wir vielleicht sehen, wo der Tornado hin ist."

„Festhalten!", bellte Fluffelpuff. „Los geht's!"

Die Mädchen ritten auf Fluffelpuffs Rücken, während Schimmerhauch und Funkenflug neben

ihnen herglitten. Sie stiegen weiter in den Himmel hinauf. Überall um sie herum ballten sich dreckige Luftwirbel und versperrten ihnen die Sicht. Unter den Wolken waren die sonst so frischen grünen Wälder und funkelnden Seen des Verwunschenen Tals grau und sumpfig geworden.

„Alles sieht so traurig aus", sagte Emily bei dem schrecklichen Anblick unglücklich.

Fluffelpuff winselte. „Was ist denn das da unten?", fragte er. „Das sieht ja schlimm aus!"

Aisha folgte seinem Blick – und erkannte einen dunklen, schmierigen Fleck, der über eine Wiese flitzte. „Der Tornado!"

„Gut gesehen, Fluffelpuff!", rief Schimmerhauch.

„Hinterher, Fluffelpuff!", rief Emily. „Schnell!"

Hob hilft aus

Fluffelpuff, Schimmerhauch und Funkenflug flogen dem rasenden Wirbelsturm hinterher. Emily und Aisha klammerten sich an Fluffelpuffs Fell, während sie Richtung Boden sausten. Der Tornado wirbelte über die Felder auf etwas zu, das wie ein gigantischer Müllberg aussah. Er kreiselte über dem Haufen und warf dort all die Dinge ab, die er mit sich gerissen hatte. Der gesamte Hügel war von Schmutz bedeckt und aus seiner Mitte platzte immer wieder dreckiger Staub.

„Der Tornado türmt eine Müllhalde auf!", trillerte Funkenflug erschrocken.

Schimmerhauch schauderte. „Ich habe noch nie so viel Dreck auf einmal gesehen!"

„Das muss der schmutzigste Ort im ganzen Verwunschenen Tal sein", sagte Fluffelpuff.

Emily runzelte die Stirn und dachte scharf nach. Fluffelpuffs Worte hatten sie auf eine Idee gebracht ... „Seit unserem letzten Abenteuer, als wir Feuerfünkchens Amulett gerettet haben, wissen wir, dass Selena für ihre schlimmen Zauber die Kraft der Amulette nutzt", sagte sie. „Sie kehrt die Magie ins Gegenteil um. Also müsste es diesmal dort, wo das

Amulett ist, besonders schmutzig sein. Könnt ihr euch etwas Schmutzigeres vorstellen als das hier ...?"

„Dann ist das Amulett in dem Müllberg!" Aisha hatte begriffen. „Genial, Emily!"

Sie warteten, bis der Tornado wieder fortgestürmt war, und landeten dann neben dem Haufen. Doch sobald sie sich der Halde näherten, brachte der Staub alle zum Husten.

„So hat das keinen Zweck", prustete Aisha. „Wir können nicht näher ran."

„Ich weiß was!", rief Emily. „Bei meinen wissenschaftlichen Experimenten trage ich immer eine Maske. So kann ich nichts einatmen, was mir schaden könnte." Sie machte ein nachdenkliches Gesicht. „Woher bekommen wir im Verwunschenen Tal eine Maske?"

Aishas Augen leuchteten auf. „Ich weiß! Hob!"

Hob, der kleine Kobold, war sehr geschickt im Herstellen von Zaubertränken. Bei ihrem ersten Abenteuer hatten die Mädchen ihm dabei geholfen, einen magischen Trunk zuzubereiten, der die Drachen des Funkelbergs wieder aufgewärmte. „Ich wette, wenn er seine Tränke herstellt, trägt er auch oft eine Maske", sagte Aisha.

„Seine Höhle liegt gar nicht weit von hier", sagte Schimmerhauch begeistert.

„Ich würde euch wirklich gerne hinbringen", meinte Fluffelpuff, „aber ich kann hier nicht bleiben." Er schüttelte sich und ein Schwall aus schmierigem Staub fiel aus seinem Fell. „Nicht mehr lange und ich bin so verklebt, dass ich nicht mehr fliegen kann."

„Du hast uns schon super geholfen", sagte Aisha

und kraulte seinen weichen Kopf. „Du hast den Tornado entdeckt."

„Ich trage die Mädchen", sagte Schimmerhauch zu dem Wolkenwelpen.

„Wir werden deinen Ball nicht vergessen, Fluffelpuff", versprach Emily.

Dann kletterte sie hinter ihrer Freundin auf Schimmerhauchs seidigen Rücken.

„Macht's gut", rief Fluffelpuff und winkte mit einer großen weichen Pfote. „Und viel Glück!"

Schimmerhauch hob ab, dicht gefolgt von

Funkenflug. Mit jeder Minute wurde die Luft stickiger und immer mehr Dreck und Dinge flogen herum: Picknickkörbe und winzige Fahrräder sausten an ihnen vorbei Richtung Tornadohalde. Die Mädchen bedeckten ihre Münder und duckten sich, um nicht getroffen zu werden. Trotzdem tat ihnen mit der Zeit der Hals weh. Während Schimmerhauch sich durch den schmierigen Dunst kämpfte, hörten sie aus jeder Ecke des Verwunschenen Tals schreckliches Husten.

Endlich flog Schimmerhauch in einen Wald hinab, der am Fuß des Funkelbergs lag. Als sie zwischen den Bäumen abtauchten, sahen sie einen alten, gebeugten Kobold mit einer langen purpurfarbenen Robe und einem spitzen Hut. Er versuchte, den Dreck wegzufegen, der sich vor der Eiche ansammelte, in deren Stamm der Eingang zu seiner Höhle lag.

„Armer Hob!“, keuchte Aisha. „Dieser fiese Staub macht sein schönes Zuhause ganz eklig.“

Als Schimmerhauch und die Mädchen landeten, ließ Hob den Besen sinken. Funkenflug flatterte freundlich zwitschernd zu Boden.

„Na, das ist aber eine schöne Überraschung!", rief Hob und nahm seine goldene Brille ab, um den Ruß von den Gläsern zu wischen. „Kommt herein, kommt alle herein!" Dann legte er das grüne runzlige Gesicht in Falten. „Aber passt auf, wo ihr hintretet. Dieser widerliche Nebel hat meinen Garten total verdreckt. Und erst vor ein paar Minuten hat mich so ein scheußlicher Wind fast davongefegt! Meine beste Gartenschere hat er mir direkt aus den Händen gerissen."

„Nicht nur hier ist das so", berichtete Emily. „Selena macht das ganze Verwunschene Tal kaputt." Schnell erklärten sie und Aisha ihm, was vor sich ging.

„Deswegen müssen wir dringend Schimmerhauchs Amulett finden", sagte Aisha. „Nur kann man in dieser schlechten Luft so schwer atmen. Hast du vielleicht Masken, die wir uns borgen könnten?"

Hob nickte. Sie folgten ihm nach innen, einen dunklen gewundenen Tunnel hinab in eine große Höhle, die im Licht funkelnder Kristalle und Laternen silbrig und golden leuchtete. Zwischen den Felsen zwängten sich schiefe Regale, voll mit dicken Büchern und farbenfrohen Tränken in alten Flaschen. Jede Flasche war ordentlich beschriftet: *Disteltau, Wacklige Waldreben, Mitternachts-Rosenknospen* und vieles mehr.

Aus einer windschiefen Kommode holte Hob vier weiße Masken.

„Die sehen genau richtig aus", stellte Schimmerhauch fest.

„Aber das wird nicht reichen", meinte Hob und tippte sich mit dem Finger an den Mund. „Die Luft ist so schmutzig, dass wir einen Frischlufttrank brauchen." Er wetzte umher und spähte von einem Regal zum nächsten. „Würdet ihr mir zur Hand gehen, Mädchen? Als ihr das letzte Mal hier wart, habt ihr so wundervolle Assistentinnen abgegeben."

„Natürlich", antworteten Emily und Aisha im Chor.

„Hervorragend!" Der kleine Kobold rieb sich die knubbeligen Hände. „Zuerst brauchen wir einen Teelöffel Süßauenwasser." Er zeigte auf die höchste Ecke der Höhle.

Blitzschnell war Aisha auf eine schmale Leiter bis zu einem hohen Regal gestiegen und hatte ein grünes Gläschen herausgeholt. „Hab es gefunden", sagte sie und reichte es Emily hinab.

„Als Nächstes dann zehn Mondblumenblüten", sagte Hob, „dann drei Zuckeräpfel und einen Zweig Windgras."

Als sie alle Zutaten beisammenhatten, gab Hob sie nacheinander in einen geschwärzten Kessel, der über dem Feuer hing. Langsam rührte er alles mit einem Holzlöffel um, der beinahe so groß und

hutzelig war wie der Kobold selbst. Hin und wieder schnüffelte er daran.

Es dauerte nicht lange, da stieg ein herrlicher Geruch nach frisch geschnittenem Gras aus dem Kessel. Ein letztes Mal rührte Hob um und nickte dann zufrieden. „Er ist fertig", sagte er lächelnd. Anschließend tunkte er jede Maske in die lila-rosafarbene Brühe. Zur Überraschung der Mädchen waren die Masken bereits trocken, als er sie wieder herauszog. Sie legten sie an, bevor sie Schimmerhauch und Funkenflug dabei halfen, ihre zu befestigen. Aisha atmete tief ein. Die Luft in ihrer Maske war frisch und kühl, wie an einem taufeuchten Frühlingsmorgen.

„Vielen Dank, Hob!", sagte Emily.

„Ach, nicht der Rede wert", sagte Hob. „Ich freue

mich, wenn ich dabei helfen kann, dieser gemeinen Selena das Handwerk zu legen. Viel Glück!"

Sie winkten zum Abschied und liefen durch den dunklen Gang zurück in den Wald.

„Wie herrlich, endlich wieder vernünftig atmen zu können!", sagte Aisha und kicherte durch ihre Maske. „Die Luft fühlt sich so sauber an."

„Geht mir genauso", sagte Emily.

„Mir auch", stimmten Schimmerhauch und Funkenflug ihnen im Chor zu.

Schimmerhauch ging in die Knie, damit die Mädchen auf ihren Rücken klettern konnten. Anschließend galoppierte sie los und schwang sich Richtung Müllhalde in die Luft, begleitet von Funkenflug.

„Auf geht's! Finden wir Schimmerhauchs Anhänger!", rief Aisha.

In der Falle

Beim Atmen hatten sie nun keine Schwierigkeiten mehr. Dafür klebte auf Schimmerhauchs Mähne, Funkenflugs Federn und der Kleidung der Mädchen eine dicke graue Staubschicht. Sie kamen kaum noch vorwärts.

„Das Fliegen ist so anstrengend", keuchte Schimmerhauch nach einer Weile.

„Vielleicht sollten wir das restliche Stück laufen", schlug Emily vor. „Weit kann es ja nicht mehr sein."

„Gute Idee, Emily", krächzte Funkenflug.

Schimmerhauch und der Phönix kämpften sich durch die widerliche Nebelsuppe nach unten, um an einem Fluss zu landen. Das Wasser sah aus wie schmutziger Sirup. Schnell sprangen die Mädchen ab, sodass der Staub auf ihrer Kleidung aufgewirbelt wurde.

Wie ein hässlicher Berg ragte vor ihnen die Müllhalde auf.

„Was für ein schrecklicher Ort", sagte Aisha. „Aber wir lassen uns davon nicht abhalten. Wir werden Schimmerhauchs Amulett finden!"

„Und deine Eier, Funkenflug", versicherte Emily.

„Danke, meine Lieben", sagte Funkenflug dankbar. „Und Fluffelpuffs Ball dürfen wir auch nicht vergessen."

Aisha führte die Gruppe an, während sie über abgerissene Äste, verstreute Möbel und Kleiderstücke stapften. Es hatte ganz den Anschein, als hätte der Tornado jedem Einzelnen im Verwunschenen Tal etwas abgenommen.

Sobald sie den Hügel erreichten, ertönte über ihnen lautes Flattern. Doch in den schmutzigen Wolken konnten sie nichts erkennen.

Plötzlich schrie Emily auf und Aisha deutete nach oben, als auch schon etwas Dunkles, Schweres auf sie niederfiel.

„Ein Netz!", rief Aisha. „Wir sind gefangen!"

Die vier Freundinnen zogen an den Stricken des Netzes, doch je mehr sie sich wehrten, desto mehr verhedderten sie sich darin. Etwas Kleines, Schwarzes flog um sie herum und stieß ein vertrautes Fiepen aus.

„Das ist Flit", hauchte Emily.

„Ich bin ja so eine schlaue Fledermaus!", keckerte Flit. „Ich habe euch eingefangen! Endlich wird Selena einsehen, dass ich der beste Helfer aller

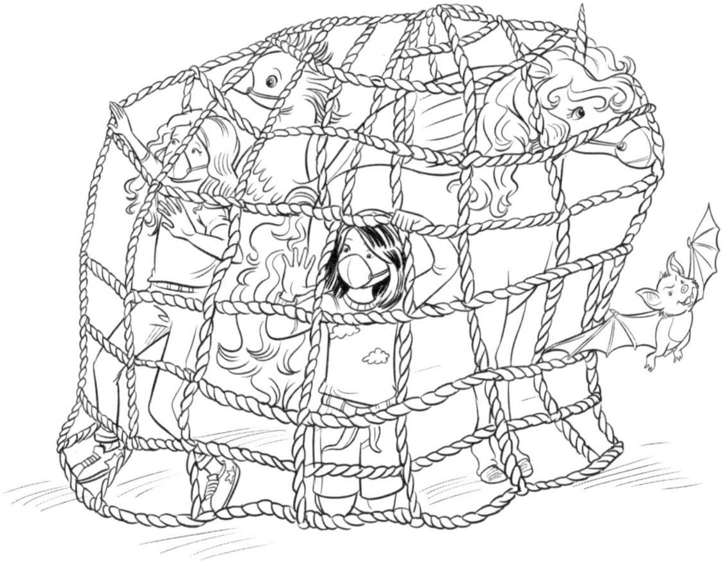

Zeiten bin. Ich fliege gleich los und erzähle es ihr. Dann kann sie entscheiden, was mit euch passieren soll!“ Kreischend vor Lachen flatterte er davon.

„Und was machen wir jetzt?“, quäkte Funkenflug. „Hier kommen wir nie heraus. Meine armen Eier!“

„Bestimmt gibt es einen Weg“, sagte Emily. „Wir müssen nur nachdenken.“

Schimmerhauch nahm die Maske ab und versuchte, die Stricke durchzubeißen, während Aisha mit aller Kraft an dem Netz zerrte.

„Das bringt nichts“, keuchte sie schließlich. „Es zieht sich nur fester.“

Da entdeckte Emily am Boden etwas Silbernes. Vorsichtig schob sie mit dem Fuß die Erde beiseite und legte eine kleine silberne Schere frei.

Aisha schnappte nach Luft. „Hob sagte doch, dass der Tornado seine Schere mitgenommen hat. Das muss sie sein – damit können wir entkommen!“

Emily wand sich in dem Netz so lange hin und her, bis sie es schaffte, den Arm nach unten zu strecken und die Finger in die Griffe zu haken. Dann fing sie an, das Netz zu zerschneiden. Es war dick und grob, aber Hobs Schere war scharf. Schließlich war ein mädchengroßes Loch entstanden.

„Gut gemacht, Emily!“, lobte Schimmerhauch.

Emily grinste und zwängte sich ins Freie. Aisha

folgte ihr. Gemeinsam schnitten sie das Netz weiter auf, bis auch Funkenflug und Schimmerhauch durch die Öffnung passten.

„Ach, gleich viel besser!“, sagte Funkenflug und glättete ihr Gefieder, das ganz durcheinander geraten war.

Schimmerhauch hob den Kopf. „Hört ihr das?“, fragte sie.

Alle spitzten die Ohren. Aus der Ferne drang ein hübsches Lied.

„Das sind meine Küken, die in ihren Eiern singen!“, rief Funkenflug.

„Nur wo stecken sie?“, fragte Aisha und spähte durch die trübe Luft. „Ich wünschte, es wäre nicht so dunkel!“

„Da kann ich helfen“, sagte Funkenflug. Sie bog

ihren gewaltigen Schwanz bis über ihren Kopf und die Spitzen der langen tiefroten Federn begannen, wie kleine Laternen zu leuchten.

„Wow!", hauchten die Mädchen.

„Kommt mit!", trillerte Funkenflug.

„Wartet", sagte Emily. „Wir könnten uns verlaufen." Sie legte das Netz wie zu einem langen Seil aus und wickelte es sich um den Arm. „Wenn wir es beim Gehen auslegen, finden wir ganz leicht zurück."

Sie steckte Hobs Schere in die Tasche und gemeinsam folgten sie dem Phönix über den holprigen Boden. Der Wind heulte durch die Halde, während sie über aufgetürmte Straßenlaternen, Staubwedel und Spaten stiegen. Hin und wieder rutschte Schimmerhauch mit den Hufen aus und auch

Aisha und Emily klammerten sich aneinander fest, um nicht zu stolpern.

Das Lied wurde lauter. Inzwischen konnten die Mädchen die Worte verstehen:

Kuschlig weich auf Wolken wiegend,
stimmen wir ein Glückslied an.
Flauschig warm am Himmel fliegend,
wo uns jeder hören kann!

„Wir müssen ganz dicht dran sein", meinte Schimmerhauch.

Langsam drehte Funkenflug sich im Kreis, sodass die Lichter an ihrem Schwanz den Abfall zu allen Seiten beleuchteten.

Alle schauten sich in dem schmierigen Durcheinander aufmerksam um. Ganze Berge von Büchern lagen dort, außerdem aufgestapelte Teetassen, ein Paar Lehnsessel aus Samt und ...

„Da!", rief Aisha und zeigte auf einen weißen Wattebausch, der aus einem Haufen Milchkännchen ragte. Es war ein Nest aus Wolken – mit einem Gelege goldener Eier!

„Meine Eier!", rief Funkenflug und flatterte aufgeregt mit den Flügeln. Emily und Aisha räumten die Milchkannen aus dem Weg und Funkenflug

legte liebevoll die Schwingen um ihr Nest. Sanft gurrte sie den Küken unter der glitzernden Schale zu.

„Sie sind in Sicherheit!" Aisha atmete erleichtert auf. „Am besten, du bringst sie gleich nach Hause, Funkenflug. Bevor sie schlüpfen!"

„Aisha hat recht", meinte Schimmerhauch. „Die Mädchen und ich bleiben und suchen nach meinem Amulett."

Der Phönix lächelte seine Freundinnen an, blieb jedoch entschlossen stehen und hob den Schwanz höher.

„Ich bleibe", sagte sie. „Ihr habt mir geholfen. Jetzt helfe ich euch, diese gemeine Selena zu besiegen!"

Auf in den Wind

„Dann lasst uns suchen", sagte Schimmerhauch. „Meine Kette muss irgendwo in diesem Haufen sein."

Funkenflug hob ihr wertvolles Nest auf und nahm es behütend unter einen Flügel. Im Schein der hüpfenden Lichter des Phönix stiegen die Freundinnen immer höher den Müllberg hinauf und Emily rollte beim Laufen das Netz aus. Der Wind wurde stärker, zerrte an der Kleidung der Mädchen und peitschte ihnen die Haare ins Gesicht.

Kaum hatten sie den Gipfel der Halde erreicht, begann diese zu beben. Emily schnappte erschrocken nach Luft. Vor ihnen raste eine Spirale aus Wind auf sie zu.

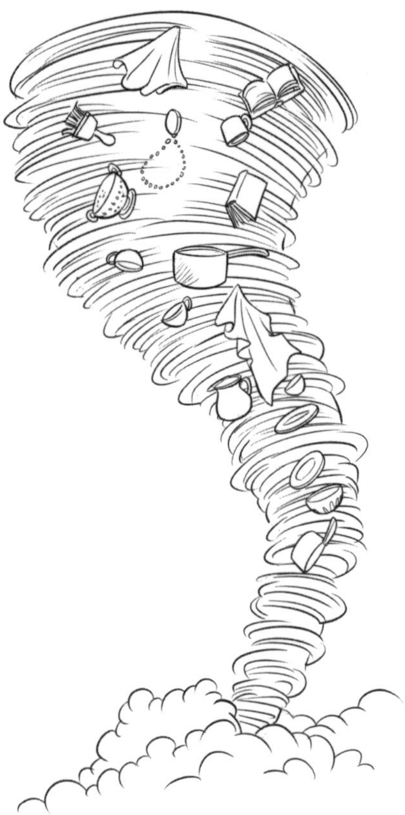

„Dieser schreckliche Tornado!", brüllte Aisha gegen den Wind an. „Er bringt noch eine Ladung Sachen!"

Mitten in all den Dingen, die der Wirbelsturm mit sich riss, konnte Emily mit Mühe etwas Glänzendes umhertrudeln sehen. Sie strengte sich an und schaute ganz genau hin. Es war ein Anhänger an einer Silberkette!

„Seht mal!“, rief sie.

Schimmerhauch wieherte vor Freude – doch dann ließ sie die Ohren hängen. „Wie sollen wir das Amulett da herausbekommen? Der Tornado wird uns einsaugen.“

Emily betrachtete die Taue in ihrer Hand. Ein Teil des Netzes lag ausgerollt hinter ihr, aber viel davon war noch um ihre Hand gewickelt. „Mit einem Seil als Sicherung könnte eine von uns in den Tornado, wenn die anderen das Ende festhalten“, erklärte sie. „Und sobald sie das Amulett hat, können die anderen sie wieder rausziehen.“

„Klingt lustig“, meinte Aisha. „Ich melde mich freiwillig!“

Emily lächelte Aisha dankbar an, die sich schon das Tau um die Taille band. Emily und Schimmerhauch hielten das andere Ende fest umklammert.

„Dann also los", rief Aisha. Sie sprang in den brausenden Wind und spürte, wie sie hoch in die Luft gezogen wurde. „Wow!", schrie sie, während sie mitgerissen wurde. „Ich bin wie ein menschlicher Drachen!"

Um sie herum flog alles Mögliche: Gabeln und Pinsel, sogar Topfpflanzen. Während sie einem

nach dem anderen auswich, spürte Aisha, dass ihre Freundinnen sie sicher festhielten. Der Anhänger trudelte im Kreis, gar nicht weit von ihr. Aisha streckte die Hand danach aus, doch das Amulett wurde davongewirbelt. Sie spürte, wie das Tau erschlaffte und sie tiefer in den tosenden Strudel gesaugt wurde.

„Was ist los?“, brüllte sie.

„Ich kann das Seil nicht mehr lange halten“, brüllte Emily zurück. „Es rutscht mir durch die Finger!“ Aisha spürte einen Anflug von Panik.

„Ich helfe euch, Emily!“, ertönte Funkenflugs Stimme.

Verschwommen sah Aisha unter sich den Phönix. Der strahlende Vogel hatte das Tau mit dem Schnabel gepackt und grub die Krallen in die Erde. Zu Aishas Erleichterung straffte sich das Seil wieder.

Unruhig sah sie sich in der Windsäule um, auf der Suche nach dem Anhänger. Knapp außerhalb ihrer Reichweite sauste er vorbei. Er war einfach zu schnell! Als er das nächste Mal auf Aisha zublitzte, hechtete sie verzweifelt nach ihm. Ihre Finger schlossen sich um das kostbare Amulett.

„Ich hab's!", rief sie begeistert.

Ihre drei Freundinnen zogen kräftig und holten sie aus dem Sturm.

Aisha legte die Kette um Schimmerhauchs Hals. Alle hielten den Atem an. Würde die Magie des Amuletts das Verwunschene Tal retten können?

Dann, *Wusch!* Aus der Müllhalde erhob sich eine Tischdecke und zischte davon. *Hui!* Tassen, Untertassen und Teller folgten. Ein Teil nach dem anderen flog aus dem Hügel davon. Während die Halde immer kleiner wurde, sanken die Mädchen langsam auf die Erde.

„Was passiert hier?", fragte Emily.

„Ich glaube, alles kehrt zu seinen Besitzern zurück", antwortete Funkenflug.

„Dann sollte Fluffelpuff seinen Ball jeden Moment wiederhaben", meinte Emily. In diesem Augenblick wand sich Hobs Schere aus ihrer Tasche und flog ebenfalls davon.

„Die Luft ist wieder sauber!", stellte Aisha fest und nahm ihre Maske ab. Die anderen machten es ihr nach und jeder atmete tief die nun wieder frische Luft ein.

Unter dem Müllberg war eine saftige grüne Wiese zum Vorschein gekommen. Nun flitzten Libellen zwischen rosa Mohnblumen und gelben Butterblumen umher. Eine sanfte Brise rauschte durch die Bäume und die Luft war erfüllt vom Gesang der Vögel. Das Verwunschene Tal war wieder so schön wie zuvor!

Phönixküken

Alle jubelten vor Freude. Aisha schlug im Gras Saltos und Emily jubelte übermütig. Über ihnen ertönte aufgeregtes Krächzen. „Meine Küken schlüpfen", rief Funkenflug ihnen zu. „Kommt auf meine Wolke, dann könnt ihr zusehen!"

„Springt auf, Mädchen", sagte Schimmerhauch.

Das ließen sie sich nicht zweimal sagen.

Schimmerhauch stieg flink in die frische, süße Luft hinauf und flog auf Funkenflugs Wolke zu. Unter ihnen erstreckte sich das Verwunschene Tal. Jedes bisschen Dreck war fort. Milde Sonnenstrahlen schienen auf saftige Berge und kristallklare Flüsse strömten die Berge hinab. Einhörner galoppierten über die grünen Hänge und im Wasser spielten fröhlich kleine Drachen.

Höher und höher stiegen sie, bis Schimmerhauch auf Funkenflugs flauschiger weißer Wolke landete. Die Phönixmutter hockte neben ihnen und legte ihr Nest behutsam ab. Die Mädchen sprangen von Schimmerhauchs Rücken und knieten sich auf den weichen Boden, um die Eier zu beobachten. Der Gesang hatte aufgehört. Dafür drang aus einem der Eier nun eine Art Klopfen. Emily und Aisha hielten sich an den Händen und sahen zu, wie in der Schale ein kleiner Riss erschien. Ein winziger Schnabel reckte sich heraus. Schließlich kam ein kleiner oranger Kopf zum Vorschein und tschilpte fröhlich.

„Ach, ist das süß!", hauchte Aisha.

Funkenflug zog die Schale mit der Kralle zur Seite. Der Babyphönix watschelte herum und schüttelte die leuchtenden orangen und roten Federn. Das nächste Ei knackte, dann das dritte. Schon bald hopsten

und zwitscherten sechs hinreißende kleine Küken über die Wolke. Emily und Aisha streichelten die flauschigen Köpfchen.

„Danke, Mädchen“, sagte Funkenflug. „Danke, Schimmerhauch. Ihr habt meine Babys gerettet.“

„Das haben wir wahnsinnig gerne gemacht“, antwortete Emily.

Dann hörten sie ein Bellen und drehten sich um, als auch schon Fluffelpuff zu ihnen schwebte. „Ihr habt die Luft wieder sauber gemacht“, bellte er glücklich. „Habt ihr auch meinen Ball gefunden?“

Emily und Aisha sahen sich an.

„Ist er denn noch nicht zu dir zurückgekommen?“, fragte Aisha verwirrt.

Fluffelpuff ließ das Schwänzchen hängen und schüttelte traurig den Kopf.

In diesem Moment entdeckte Emily etwas, das sich ganz unten in Funkenflugs Nest verfangen hatte.

„Wie viele Eier hattest du, Funkenflug?", fragte sie.

„Sechs, meine Liebe", antwortete der Phönix. „Und jedes Küken ist geschlüpft und gesund und fröhlich."

Emily hob den Gegenstand aus dem Nest. Er glänzte golden, hatte aber nicht die Form eines Eis, sondern war völlig rund. Emily lächelte.

„Ich habe deinen Ball gefunden, Fluffelpuff!", rief sie.

Der Welpe fiepte vergnügt und wedelte so kräftig mit dem Schwanz, dass der ganze kleine Körper schaukelte und in alle Richtungen kleine Wolkenbäuschchen verteilte.

„Hol ihn dir, Fluffel!" Aisha holte aus und warf den Ball hoch in den Himmel.

Fluffelpuff bellte gut gelaunt und flitzte seinem geliebten Spielzeug hinterher, während die anderen erfreut lachten. Im Verwunschenen Tal war alles wieder gut!

„Wir sollten zurück zum Palast", sagte Schimmerhauch. „Steigt auf, Mädchen, einen Flug haben wir noch vor uns."

Emily und Aisha beeilten sich, Funkenflug noch

einmal zu umarmen und den Küken zum Abschied einen Kuss aufzudrücken. Dann sprangen sie auf Schimmerhauchs Rücken und flogen davon.

Hoch über dem Verwunschenen Tal schwebten sie, während herrlich duftender Wind durch ihre Haare tanzte.

Wenig später glänzten die goldenen Mauern von Auroras Palast in der Ferne und die gewundenen Türme funkelten in den warmen Strahlen der Sonne. Im Schlosshof schmückten Einhörner die Mauern und Hecken mit Wimpeln und Fähnchen.

Feuerfünkchen, Wellenglanz und Glitzerhuf standen am Zelt und bliesen Ballons in sämtlichen Regenbogenfarben auf.

Schimmerhauch landete neben ihnen. Aurora kam mit wehender Goldmähne aus ihrem Zelt galoppiert.

„Wir haben uns so große Sorgen gemacht, Mädchen", sagte sie. „Doch als die Luft rein wurde, wussten wir, dass ihr Schimmerhauchs Amulett gefunden habt. Gut gemacht!"

Bevor die Mädchen antworten konnten, donnerte es in der Ferne. Emily, Aisha und die Einhörner sahen entsetzt zu, wie sich der Himmel verdunkelte und eine schwarze Wolke auf sie zurollte. Das Donnergrollen wurde lauter. Schon schwebte die brodelnde Wolke über ihnen. Kleine elektrische Blitze zuckten über den Himmel.

„O nein!", rief Aisha. „Selena."

Himmelstanz

Plötzlich platzte die schwarze Wolke und Selena stand vor ihnen. Aus ihrem Horn schossen Blitze und versengten dort, wo sie die Erde trafen, das Gras. Das Amulett an Selenas Hals bebte, ein so heftiger Sturm tobte darin. Über ihr flog Flit und plapperte nervös vor sich hin.

Selena stierte Emily und Aisha wütend an.

„Ihr haltet euch für schlau, was?!“, keifte sie. „Doch ihr seid dumm, wenn ihr glaubt, mich besiegen zu können. Schon bald wird das Königreich mir gehören und alle werden sich vor Königin Selena verneigen.“

„Nicht, solange wir da sind, um dich aufzuhalten“, stellte Aisha klar.

„Mich aufhalten?“ Selenas Augen blitzten. „Niemand hält mich auf. Vergesst nicht, dass ich noch immer zwei eurer kostbaren Amulette in meiner Macht habe. Ich *werde* Königin vom Verwunschenen Tal sein!“

Fies kichernd stampfte sie ein letztes Mal mit dem Huf auf und schwang sich in die Lüfte, wo sie in einer schwarz brodelnden Wolke davonflog.

„Passt besser auf!“, quiekte Flit. „Selena gewinnt immer. Sie kommt wieder!“

„FLIT!“, ertönte ein gespenstisches Kreischen. Flit fiepte erschrocken und huschte davon.

Als die beiden in den Wolken verschwunden waren, neigte Aurora ihren wunderschönen Kopf zu Emily und Aisha. „Hört nicht auf sie“, sagte sie. „Selena wird niemals gewinnen. Wieder habt ihr unser Königreich gerettet. Ich weiß nicht, was wir ohne euch getan hätten. Nun sollt ihr für den Rest eures Besuchs bei uns aber Spaß haben!"

„Lassen wir die Drachen steigen!", schlug Schimmerhauch vor.

Aisha suchte sich einen himmelblauen Drachen aus, der mit silbernen Monden geschmückt war. Emily wählte einen in Form eines Sterns mit gelben Bändern daran.

Emily runzelte die Stirn. „Aber diese Drachen haben ja gar keine Schnur. Wie sollen wir sie fliegen lassen?"

Schimmerhauch zwinkerte ihr zu und schaute die Drachen an. Ihr Horn leuchtete silbrig und die Wolken in ihrem Amulett wirbelten funkelnd umher. Sofort glitten die beiden Drachen in die Höhe. Als

Schimmerhauch ihr Horn schwenkte, begannen sie, miteinander zu tanzen, während sie am Himmel auf und ab segelten.

„Und jetzt ihr", forderte Schimmerhauch die Freundinnen auf.

Die Mädchen fuhren mit der Hand durch die Luft und die Drachen machten ihre Bewegungen nach.

Aisha ließ ihren Drachen eine Acht fliegen, während Emily ihren über die Bäume hüpfen ließ, sodass die Laternen zu schaukeln begannen.

„Wow!", riefen sie im Chor.

Plötzlich stob ein Schwarm rosa Schmetterlinge aus den Zweigen auf und schloss sich dem fröhlichen Himmelstanz an. Aurora sah mit vor Freude funkelnden Augen zu.

„Wie du im Tornado!", sagte Emily.

„So elegant wie bei den Schmetterlingen sah das bei mir bestimmt nicht aus." Aisha lachte.

Schließlich ging die Sonne hinter den weit entfernten Bergen unter und bedeckte das Tal mit einem warmen Glanz wie von Kerzenschein.

„Hört ihr das?", fragte Emily.

Aisha lauschte. Die Abendbrise wehte einen süßen Gesang zu ihnen:

Gute Nacht, Sonne,
Hallo, lieber Mond!
Schlaf gut, schöner Tag,
und ihr Sterne strahlt vor Wonne!

„Funkenflug und ihre Küken singen gemeinsam ein Schlaflied", sagte Aurora leise.

Emily und Aisha lächelten sich an. Die Phönixe klangen zufrieden – und sehr müde.

Aisha gähnte kräftig.

„Ich glaube, es ist Zeit für uns, nach Hause zu gehen", meinte Emily. Sie und Aisha rannten zu jedem der Einhörner, um es zum Abschied noch einmal fest zu umarmen.

Behutsam schmiegte Aurora ihr Maul an die Wangen der Mädchen. „Das Verwunschene Tal wird bald wieder eure Hilfe benötigen", sagte sie. „Immerhin gilt es, zwei weitere gestohlene Amulette zu finden."

„Ihr könnt Euch auf uns verlassen", versprach Aisha.

„Wir lassen nicht zu, dass Selena gewinnt", ergänzte Emily bestimmt.

Königin Aurora fuhr mit ihrem Horn über ihren Köpfen durch die Luft. Ein warmer Nebel aus goldenen Funken hüllte die Mädchen ein und

schon im nächsten Augenblick standen sie wieder im Garten von Aishas Häuschen. Während ihres Besuchs in dem magischen Reich hatte die Zeit hier stillgestanden.

Aisha betrachtete die Phönixstatue.

„Sie sieht genau wie Funkenflug aus", sagte sie.

Emily nickte. „Ich wette, sie hat mit ihren kleinen Küken viel Spaß! War das vielleicht ein geniales Abenteuer, was?"

„Schau, Emily." Aisha schnappte nach Luft.

Über dem Haus schwebte eine einzige Wolke.

„Sie hat vier Beine!", meinte Emily.

„Und eine Mähne", sagte Aisha.

„Und ein gewundenes Horn!", rief Emily. „Das ist ein Einhorn!" Die beiden umarmten sich fest.

„Vielleicht ist es ein Zeichen", flüsterte Aisha.

„Ein Zeichen, dass wir unsere Freunde bald wiedersehen."

„Das hoffe ich", sagte Emily mit einem breiten Grinsen. „Ich kann das nächste Abenteuer bei den Einhörnern kaum erwarten!"

Ende

Daisy Meadows

Im Zaubertal der Einhörner

Glitzerhuf

Leseprobe

Die Magie eines Regentags

Schwerer Regen prasselte gegen die Fenster des Verwunschenen Häuschens.

„Aus Fußballspielen wird heute wohl nichts“, sagte Aisha Khan. Zusammen mit ihrer besten Freundin Emily Turner sah sie dem Regen von der warmen Küche aus zu. Über die Flügel der Phönixstatue in der Mitte des Rasens rannen dicke Tropfen.

„Das macht nichts", meinte Emily grinsend. „Ich habe schon eine Idee für was anderes!"

Aisha lächelte zurück. „Ein wissenschaftliches Experiment?"

„Woher weißt du das?" Emily lachte. Sie liebte Wissenschaften genauso, wie Aisha Sport liebte. „Zuerst brauchen wir ein paar Blumen …"

Gemeinsam flitzten sie zur Hintertür in den nassen Garten hinaus. Aisha und ihre Eltern waren erst vor Kurzem ins Verwunschene Häuschen gezogen, daher kannten sich die beiden Mädchen noch gar

nicht lange. Trotzdem machten sie bereits alles zusammen – und hatten sogar schon gewisse magische Abenteuer zusammen bestanden ...

Die Freundinnen griffen sich eine Handvoll Blumen und rannten zurück ins Haus, wo sie sich den Regen aus dem Haar schüttelten.

Wenig später hatten sie mithilfe von Aishas Mutter ihr Experiment aufgebaut. Auf dem Küchentisch standen mehrere Wasserschalen, in die sie verschiedene Lebensmittelfarben getropft hatten. Nun stellten die Freundinnen die Blumen in die bunten Flüssigkeiten.

„Und was passiert jetzt?", wollte Aisha wissen.

„Abwarten und beobachten", antwortete Emily lächelnd.

Die Mädchen schlürften heiße Schokolade und

plauderten mit Frau Khan, die auf dem Herd gerade ein leckeres Curry zubereitete. Nach einer Weile zeigte Aishas Mama auf die Blumen. „Seht mal, ihr zwei!"

Aisha schnappte nach Luft. Die Blüten veränderten ihre Farbe! Die gelben Blütenblätter wurden blau und die rosafarbenen Blüten grün.

„Sie saugen die Lebensmittelfarbe auf", erklärte Emily grinsend.

Aisha betrachtete interessiert einige weiße Blüten, die sich am Rand rosa verfärbten. „Fast wie Magie", flüsterte sie.

Emily wusste, dass ihre Freundin bestimmt gerade an dasselbe dachte wie sie: an das Verwunschene Tal, das magische Reich, das sie besucht hatten. Dort lebten Einhörner und andere fantastische Wesen!

Plötzlich fiel Emily ein helles Glitzern auf und sie keuchte aufgeregt: Das kleine Einhorn an Aishas Gürtelschlaufe leuchtete! Aisha, die das Funkeln ebenfalls bemerkte, legte die Hand um den Schlüsselanhänger. Schnell zog Emily ihren eigenen Anhänger aus der Brusttasche ihrer Latzhose. Auch er leuchtete.

Königin Aurora, ein wunderschönes Einhorn, das über das Verwunschene Tal regierte, rief nach ihnen!

„Äh, Mama", sagte Aisha. „Wir gehen noch mal raus, um mehr Blumen zu holen ..."

Das will ich lesen!

Band 1

ISBN 978-3-7432-0749-3

Komm mit ins Zaubertal der Einhörner!

O nein! Kaum haben Aisha und Emily das magische Land entdeckt, ist es auch schon in Gefahr. Das böse Einhorn Selena stiehlt das Zauber-Amulett des Einhorns Feuerfünkchen! Nun wird es bitterkalt im Verwunschenen Tal der Fabelwesen. Aisha und Emily müssen Feuerfünkchen helfen, das Amulett wiederzubekommen, bevor das ganze Tal in Eis und Schnee versinkt …

Loewe

Das will ich lesen!

Band 1
978-3-7432-0543-7

Band 2
978-3-7432-0544-4

Band 3
978-3-7432-0545-1

Band 4
978-3-7432-0546-8

Band 5
978-3-7432-0942-8

Band 6
978-3-7432-1022-6

Für die tierliebe Amelie geht ein Traum in Erfüllung, als sie die Tierklinik Pfötchen entdeckt. Dort hilft sie, süße Tiere zu verarzten und gesund zu pflegen.

Loewe
Das will ich lesen!

Das will ich lesen!

Doppelband 1
ISBN 978-3-7432-0606-9

Doppelband 2
ISBN 978-3-7432-0866-7

Doppelband 3
ISBN 978-3-7432-0867-4

Loewe
Das will ich lesen!

Band 14
978-3-7432-0562-8

Band 15
978-3-7432-0767-7

Band 16
978-3-7432-0832-2

Band 17
978-3-7432-1153-7